KB265046

별 하나 꽃핀 하나

꿈소담이 동시가족 04

2008년 5월 25일 초판 1쇄 펴냄

펴낸곳 | ㈜ 꿈소담이
펴낸이 | 김숙희
글 | 임인진
그림 | 이한중
총진행 | 이창수

주소 | 136-023 서울특별시 성북구 성북동 1가 115-24 4층
전화 | 747-8970 / 742-8902(편집) / 741-8971(영업)
팩스 | 762-8567
등록번호 | 제6-473(2002. 9. 3)

홈페이지 | www.dreamsodam.co.kr
전자우편 | isodam@dreamsodam.co.kr

ISBN | 978-89-5689-196-5 74810
ISBN | 978-89-5689-192-7 (세트)

- 책 가격은 뒤표지에 있습니다.
- 꿈소담이의 좋은 책들은 어린이와 세상을 잇는 든든한 다리입니다.

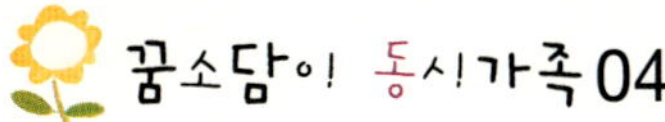

꿈이 자라고 지혜가 자라나는 어린이들을 위한 좋은 동시집

글 임인진 | 그림 이한중

꿈소담이

아름다운 삶을 가꾸는 빛과 소리

오염되지 않은 순수한 우리말로 반듯하게
잘 다듬어진 아름다운 글을 단 몇 편이라도
제대로 읽힌다면 어린이들의 생각이 조금씩은
바뀔 거라고 생각했습니다.

풀 한 포기, 나무 한 그루, 꽃 한 송이에게로 다가서서
그들 속마음을 훔쳐보면서 자연과 어울려 사는
맑은 세상을 꿈꾸게 하고 싶었습니다.
그로 인해 마음가짐이 조금치라도 달라지고
스스로 솟구쳐 날 수 있는 날개를 달 수 있다면
얼마나 좋을까요.

자연은 본디부터 우리의 생각을 얼마 만큼은 틔워 주지요.
아무도 눈여겨봐 주지 않아, 있는 듯 없는 듯 숨어 있는
한낱 풀잎과 벌레와 작은 꽃들마저도 그들 나름대로의
빛과 소리와 향기로 세상을 밝고 아름답게 비추고 가꾸지요.

그런 것들을 들추어,
아주 소중하고 조심스럽게 다루어
전달하는 일이 어두운 구석구석을 보살피며
앞날을 밝히는 일이라고 믿습니다.

2008년 봄

임인진

첫째 마당

산이 제 맘대로

둘째 마당

도깨비 바늘

셋째 마당

바람, 넌 바보야!

넷째 마당

개미네 집엔

다섯째 마당

바람 부는 날

첫째 마당

산이 제 맘대로

꽃비

봄비가 꽃잎 타고
촉촉 내려요

바들바들 떨고 있는
꽃잎 적셔 줬다고
둘이 함께 내려요

깡충거리는
아이들 머리 위에

길 가는 사람들 우산에도
보슬보슬 소복소복
꽃비 내려요

봇도랑물

좀개구리밥
동동 뜨고

소금쟁이
물 톡톡 튀기고

미꾸라지
매끌매끌 돌고

개구리도
폴짝 건너뛰는

잘찰 넘치는
봇도랑물

나만 뛸까 말까
망설인다.

꽃 쌈

양지쪽 진달래꽃
폈으면 좋겠다.

꽃술 한 올씩 뽑아
호- 불어 꽃쌈하게

두 손 마주 살짝 눌러 주면
열 번 스무 번도 더 이길 거야

용용 죽겠지, 약 올라 죽겠지
손가락 코에 대고 놀려 줘야지

꽃잎 한 움큼 쥐어짜
뭉개 붙인 얼굴로 와락 덤벼들게

진달래꽃
어서 폈으면 좋겠다.

호랑나비

어흥– 어흥–
소리도 못 내면서

어슬렁어슬렁
걷지도 못하면서

애기제비꽃
오돌오돌 소름 돋게 하고

민들레 홀씨 멀리멀리
쫓아 버리고

잔디밭에
납죽 엎드린

호랑날개
꾸벅꾸벅 졸고 있다.

할미꽃 족두리

할머니 산소 앞
해 바른 양지에
할미꽃 피었다.

자줏빛 보드란 꽃잎
차례차례 뒤로 젖혀
꽃족두리 만들어 주시던

족두리 쓰고 활옷 입고
연지곤지 찍고
시집 오셨다던 할머니

할미꽃 아니라도
백일홍 예쁜 꽃족두리
머리에 꽂아 주시던

할머니 산소 앞에
자줏빛 족두릿감
곱게 피었다.

한라 솜다리꽃

솜털 보송보송한 소녀가
눈처럼 새하얀 옷 입고
높고 험한 산기슭 얼음집에서
눈 이불 덮고 찬 이슬 먹고 살더란다.

오름 아랫마을에 소문 나돌아
사람들 하나 둘 기웃거리니
얼음집 눈 이불 사르르 녹아
소녀 온데간데없이 사라지더란다.

비바람 몰아치는 산기슭
얼음집 녹아내린 바위틈에
소녀 얼굴 닮은 솜털 보송보송한
꽃 한두 송이 피어나너란다.

실안개 뽀얗게 서린 한라산
높은 오름 험한 바위틈에
비바람 맞고 찬 이슬 먹고
솜털 보송보송한 꽃 지금도 핀단다.

민들레

오가는 발길 무서워
납죽 웅크리고
숨죽여 지내다가

뿌리째 뽑혀
모퉁이 길바닥에
나동그라졌다가

밤이슬 흠뻑 젖은
흙투성이 딱한 몰골로
간드랑거리는 목 곧추 세워

아침 햇살 한 가닥 잡으려고
발돋움하다 말고
생그레 웃는 민들레꽃

산이 제 맘대로

별들이 밤새도록
반짝반짝 눈 닦고 올라간
시냇물에

어느새
검푸른 산이 내려와
길게 누워 있다.

나무와 새
풀과 꽃 넝쿨
철철 넘치게 안고

뽀그르르 거품 뿜으며
살래살래 몸 흔들어
때를 불린다.

야틈한 시냇물에
덩치 큰 산이 제 맘대로
내려와 미역 감는다.

연

하늘 높이 오르고 싶은
파란 꿈이
한 발짝씩 기어오르다가

오를까 말까 주춤주춤
망설이는 마음이
조금씩 뒷걸음질치다가

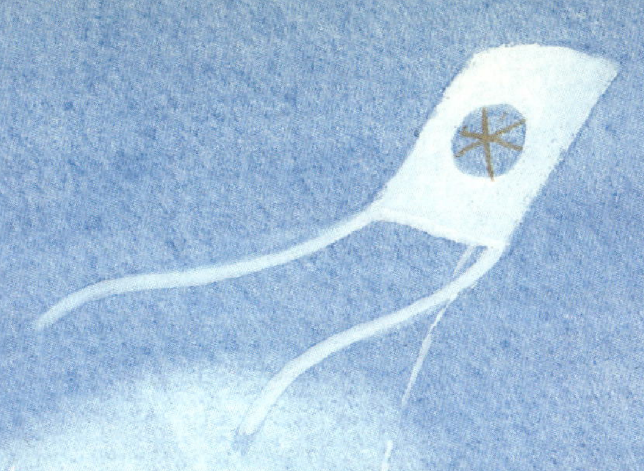

옴짝
달싹 못 하게
챙챙 얽어맨 사슬
확- 떨쳐 버리고

구름 밖
하늘 밖으로
훨훨 날아간다.

이름표

이파리랑 열매
다 떨어뜨린
알몸 나무들이

목에 이름표 하나씩 걸고
오롱조롱 모여 섰다.

「조팝나무」 앞에 「쥐똥나무」
「댕강나무」 뒤에 「까치밥나무」
「배롱나무」 옆에 「가막살나무」

이름표 없으면
누가 누군지 몰라볼
고만고만한 키로

햇빛 눈부셔 눈도 못 뜨고
제 이름 불러도 모르면서
초록빛 꿈 꾸고 있다.

둘째 마당

도깨비 바늘

엉겅퀴꽃

그 얼굴
찬찬히 들여다보면

연보라 입술이
삐죽삐죽 삐죽거려요
꽃자주 속눈썹엔
그렁그렁 눈물 맺혔어요

아무도 몰라주어
성깔대로 하고 싶은 걸
발버둥쳐 울고 싶은 걸
꾹– 참고 있대요

눈부신 아침에
한 번 웃어 보고 싶어
두 눈 감고 입 꼭 다물고
고운 꿈 꾸고 있대요

아직은, 아직은 아니라고
꾹– 참고 있대요

줄넘기

한 바퀴
어쩔 줄 몰라
깡충 뛰고

두 바퀴
밟을까 두려워
사뿐 넘고

세 바퀴 네 바퀴
되돌아오는 줄
약 올라 뛰어 넘고

팔 다리 아프고
헉- 헉-
숨이 차도

한 번만 더
한 번만 더
새 힘 솟는다.

복주머니꽃

어둑어둑 어둘 녘에
징검다리 건너온
둥덩산 같은 보퉁이 속에

시든 복주머니꽃
한 송이

어머니한테선
곤드래 곰취 참나물 훑어온
먼 산 냄새

산을 몽땅 여다 놓은 듯
기대고 싶은 밤에

복주머니꽃 만지작만지작
먼 산바람 소리
새 소리 듣는다.

도깨비바늘

달 없는 밤
별도 없는 밤
누군가 옷자락 잡아당긴다.

돌아보면 아무도 없고
그림자도 안 보이는데
소름 오싹 끼친다.

옷소매에, 바짓가랑이에
바늘 잔뜩 꽂혔다.
따끔따끔 살을 찌른다.

어둔 길가 풀끝에
바늘 꽂아 놓은 도깨비
어딘가 숨어 날 보고 있겠다.

며느리밥풀꽃

나무에 붙었으니
바람이 몰랐지

슬쩍 스쳤는데
한 움큼 쏟았어

휙- 지나가면
그릇째 둘러엎겠다.

쩝쩝 입맛 다시던
참새들 어디 갔나

개미들만 이고 지고
줄줄이 바쁘다.

찔레꽃

뻐꾸기 우는 소리
자꾸 들리는 걸 보니
찔레꽃 피는가 보다.

찔레 덤불 가시에 찔려
호- 입김 쐬던 아이
멀리 가 버렸는데

가만 앉아 있어도
달콤쌉싸름한 냄새
솔- 솔- 코로 스며올 건데

찔레꽃 한 아름
안겨 주려다 가시 찔린
두 볼 빨간 아이 생각난다.

노래공부

개구리 엄마들은
날마다
노래공부만 시키나 보다.

어젯저녁 배운 노래
오늘 다시 부르는 걸 보니

개구리 아빠들은
노래하기 싫은 아이
억지로 시키나 보다.

밤새도록 배우고도
박자 음정 뒤죽박죽이니

개구리 아이들은
밖에 나가 놀고 싶어도
꾹 참고 시키는 대로 하나 보다.

꽃피리

실눈 곱게 뜨고
입귀 살짝 오므려
민들레 꽃대 불어 보자

삘– 삘– 삘–
햇살 파르르 떨고
꽃들도 시새워 필 거야

나풀나풀 나비 춤추고
보리밭 종다리
포르르 날아오를 거야

삘– 삘– 삘–
언덕너머 나무들도
덩실덩실 어깨춤 출 거야

소꿉놀이

사금파리 밥상에
올릴 것 없어
들녘에 나앉아
꽃다지 괭이밥풀 뜯는다.

차돌모래 한 줌
콩콩 찧어 밥 짓고
김치 담고 국 끓이고
상다리 부러지게 차린다.

신랑 각시 마주 앉고
동네 사람 불러 모아
조랑조랑 둘러앉아
냠냠 맛있게 먹는다.

산마루 넘은 해가
노을 꼴깍 삼키면
사금파리 이삿짐 싸기
너도 나도 바쁘다.

감 자

움에서 막 나온 감자
탱탱한 얼굴
눈만 빠끔하다.

치뜰 줄도
부릅뜰 줄도
흘길 줄도 몰라

아래로만 내리깐
초록빛 작은 눈
아하! 싹눈이었네

흙 속에 묻혔다가
쏘옥 나오려고
감고 있던 싹눈이었네

셋째 마당

바람, 넌 바보야!

별 하나, 꽃핀 하나

한여름 밤
꽃녀에게 별을 팔던 아이
별 하나에
꽃핀 한 개씩 받기로 하고

북두칠성 일곱 별에
견우, 직녀별
이름 모르는 푸른 별까지
새끼손가락을 걸었다.

꽃핀 모두 열 개
여름 다 지나도록
얼굴 한 번 못 본 꽃녀
살금살금 숨어 다녔다.

그 여름밤
하늘의 별이란 별
몽땅 그 아이 것이었다.

별 이야기

밤하늘에서 곤두박질로
바닷가 모래밭에
내려온 별똥별

먼 바다 가운데서
밀려와 울고 있는
소라껍질에게

소곤소곤
속닥속닥
들려준 별나라 이야기

밤새도록
이야기 듣고도
아침이면 귀가 먹먹한

소라껍질
쏴 - 쏴 -
바닷소리만 늘어놓는다.

별똥별 기가 막혀
새파랗게 질려
입 다물어 버린다.

봉숭아

손톱에 꽃물
예쁘게 들이라고
봉숭아 꽃망울 터졌다.

엄지손톱부터
새끼손톱까지
열 손톱 몽땅 들이라고

된장 넣고
백반 넣어
돌에 콩콩 찧으라고

아주까리 이파리로
꼭꼭 싸매
실 챙챙 감으라고

새하얀 봉숭아
새빨간 봉숭아
연분홍 봉숭아 활짝 폈다.

바람, 넌 바보야!

머리카락
잡아당기면
누가 뒤돌아볼 줄 알고

어깨, 팔 뒤틀면
두 손으로
싹싹 빌 줄 알고

이파리
살래살래 흔들어 주면
함께 춤추고 노래 부를걸

그것도 몰라
집적집적 집적대는 바람
넌 정말 바보야!

방아깨비

긴 다리
불어지면 어쩌려고

댕댕이덩굴
허청허청 올라가

칡넝쿨
껑충 건너뛰어

두리번두리번
머루덩굴 바라보다가

허방다리 짚어
데굴데굴 굴러 내린다.

방아공이 방아다리 부러져
디딜방아 못 찧겠다.

새

조롱 속 새들이
고갤 틀어박고
앉아 있다.

어깻죽지 스멀거리는지
가끔씩 날개를
추스른다.

하늘 저 멀리
훨훨 날고 싶은지
호르륵호르륵 흐느낀다.

하루도 못 견디겠는지
딸그락딸그락
문고리 잡고 흔든다.

넝쿨장미

잿빛 담벼락
보기 싫은 걸 어떻게 알지

골목길 무서워
다니기 싫은 걸 어떻게 알지

높이 솟은 담장 위로
빨간 꽃넝쿨 넘쳐흐르네

어둡던 골목길에
노란 꽃등 환히 비추네

오는 사람, 가는 사람
얼굴 모두 밝네

향긋한 꽃 냄새
골목길 가득 넘치네

숲길을 걸을 때는

코 벌름벌름
숨 들이켜야 해
나무와 풀, 꽃들이 뿜은 냄새
맡아 줘야 하니까

두 귀 쫑긋 세워야 해
손바닥 차양을 귀에 대야 해
새 소리, 벌레 소리, 나뭇잎 떨리는 소리
들어 줘야 하니까

두 눈 크게 떠야 해
왕방울처럼 눈알을 굴려야 해
풀벌레와 개미, 개구리 한 마리라도
다치면 안 되니까

숲길 걸을 때는 마음을 비워야 해
꽃송이 꺾으려던 생각 깨끗이 비워야 해
숲의 주인은 나무와 풀, 꽃과 새
벌레들이니까

숲길

나뭇잎에서
이슬방울
또그르르 굴러가고

풀잎에서
애기 잠자리
사뿐 떠나가고

나뭇가지에서
작은 새들
포르르 날아가 버리고

아무도 없는 줄 알았는데
애기 솔방울들 솔잎 속에서
빠끔빠끔 날 훔쳐본다.

곰 인형

새까만 코, 입 꼭 다물고
뚫어져라 보면서
뭘 그리 생각하니

먼 북쪽 나라 눈얼음 집에서
깊은 잠자고 있을
엄마 아빠 보고 싶니

태평양 넓은 바다
오호츠크, 베링 바다
헤엄쳐 갈 수 있니

밤낮 웅크려 앉아 생각하는 너
답답해 못 참겠다.
기지개라도 한 번 켜 보렴

넷째 마당

개미네 집엔

봄맞이꽃 (1)

새들이 날아와
콕콕 쪼아 보고
심술퉁이 바람이 오다가다
뒤흔들어 제치고

햇살이 가끔씩
입 맞추어 줘도
초록 줄기에 다닥다닥 나붙은
자줏빛 알갱이들

봄 어디까지 왔나
아직도 산 너머 물 건너 있나
눈치 채려고
달달 떨고만 있다.

봄맞이꽃 (2)

꼭두새벽부터
교문 앞에 줄 서 있다가
첫 번째로 교실에 들어가
커튼, 창문 활짝 열어
햇볕 가득 들여놓고

양지쪽 창가에
실눈 곱게 뜨고 앉아
새침데기처럼 생긋 웃던
샛노란 옷 입은
그 아이 얼굴 닮았다.

봄바람

한 자리
오래 머물면
겨드랑이
스멀거리고
발바닥 간지럽고
자꾸 좀이 쑤셔
그냥 못 배길걸

수수꽃다리
꽃망울 벙싯벙싯
구름처럼 벙싯거리는데
어떻게 물끄러미
보고만 있겠어.
여기저기 기웃기웃
기웃거려야 속이 풀리지

꽃들은

싱그러운 향기
잔뜩 부풀리려고
숨 길게 들이마실 거야

탐스러운 봉오리
곱게 피우려고
숨 조심조심 내쉴 거야

우리 잠든 깊은 밤에
찬 이슬 맞고
오슬오슬 떨고 있을 거야

꽃들은 모두 다
아름다운 모습 보여 주려고
손 모아 기도할 거야

개미네 집엔

세상에 귀하단 것
다 쌓여 있겠다.

곳간엔
곡식이 한가득
부엌엔
맛있는 반찬거리

아이들 먹이려고
냠냠거리도
쉬지 않고 일하는
개미네 집엔

없는 것 없이
다 있겠다.
개미네 살림살이
엿보고 싶다.

무지개

비 올 때
해 나와라.
해 날 때
비 오너라.
알록달록
고운 무지개 뜨게

–해와 비
서로 삐쳤나 봐–

심술쟁이 비야
얄미운 해야
조금씩만
참아 주라.
일곱 빛깔 고운
무지개 좀 뜨게

산길

도라지꽃, 패랭이꽃
바라보다가
발 헛디뎌 콧방아 찧고

포드닥포드닥
날아가는 새
보려다가 엉덩방아 찧고

다람쥐
도망가는 것 보다가
데굴데굴 구를 뻔해도

멈추기 싫어
돌아서기 싫어
쉬엄쉬엄 산 오른다.

할미꽃

날마다 밭이랑에
쪼그려 앉아
김매던 우리 할머니

굽은 허리
지팡이 짚고 보따리 이고
장 보러 가는 고갯길에

자줏빛 곱던 꽃잎
거친 바람에 실려 보낸
꼬부랑 할머니 꽃들

모두 반갑다고 일어서
하얀 머리카락
나풀나풀 흔드네

네 잎 클로버

어디로 숨었니
꼭꼭 숨어 있는 너

꽃반지 꽃목걸이
만드는 사이
키다리 꽃 뒤에 엎드렸니

세 잎 친구들
모두 짓밟혀 쓰러져도
못 본 체할 거니

머리카락 보일라
발뒤꿈치 보일라
누가 숨바꼭질 하자 그랬니

꼭꼭 숨은 너
오늘은 찾아내고 말 테야

쑥부쟁이꽃

나뭇가지 사이로
조금 하늘이 열리면
햇볕 한 줌 움켜쥐려고
발돋움하고

풀잎들 사이로
가끔 바람 넘실거리면
살래살래 고개 흔들어
알은 체하고

은빛 날개 퍼덕이는 새
뾰롱뾰롱 노래하면
노래 들은 둥 만 둥
먼 하늘 바라본다.

다섯째 마당

바람 부는 날

산 메아리

어디선가 자꾸
날 부르는 소리 들린다.

나무들이 휘었다가
똑바로 일어서는 소리일까

바람이 제 맘대로
풀잎 휘젓고 쏘다니는 소리 아닐까

사슴이 잠자다 깨어나
엄마 찾는 소리일까

솔방울들이 솔잎 속에서
속닥속닥 속삭이는 소리 아닐까

어디선가 누군지
날 찾는 소리 자꾸 들린다.

바람 부는 날

밤나무에서
후드득
대추나무에서
호드득

예서 한 움큼
제서 두 움큼
주머니마다
울룩불룩

수수 이삭 벼 이삭
다 쓰러지고
널어 논 빨래
날아가도

이리 뛰고 저리 뛰는
천둥벌거숭이들

논두렁길

논두렁에서 색색 잠자다
놀란 개구리들
찰싸닥찰싸닥
논물로 뛰어든다.

주름무늬 파르르 띄우고
물갈퀴 힘껏 펼쳐
훌쩍훌쩍
논두렁 뛰어오른다.

메꽃 곱게 핀 논두렁길
숨기도 좋은지
여기서 개굴, 저기서 개굴
끼리끼리 주고받는다.

가을밤

책상 앞에 앉아도
이불 쓰고 누워도
귀뚜라미 쓰르라미
책 읽는 소리

쉬지 않고 귀뚤귀뚤
밤새도록 쓰을쓰을
가을 가기 전에
이 밤 새기 전에

읽은 책 다시 읽어
줄줄이 외우려고
읽고 또 읽고
밤 홀딱 새운다.

허수아비

나달나달
해진 옷
바람에 나부껴요

파란 하늘
텅 빈 들판
멀거니 보고 있어요

벼 이삭
수수 이삭
거둬들인 논밭 가에

외롭다고
슬프다고
한숨만 쉬어요

빈 집

솔이네 대추나무에서
매미가 운다.

맴– 맴– 맴–
하루 열두 번도 더 운다.
조롱조롱 열린 대추
익으라고 운다.

비 오는 날 아침에는
깨– 깨– 깨– 청개구리 운다.
장독대 텅텅 비었는데
항아리 뚜껑 덮으라고 운다.

하루에도 몇 번씩
솔이 보고 싶은 나
빈 집 바라보면
자꾸 눈물 난다.

눈 오는 날

포드닥포드닥
뽀얀 하늘
날고 싶고

보슬보슬
하얀 눈길 밟아
수풀 속에 숨고 싶은

작은 새들이
나무 잔등에
나란히 업혀 있다.

고개 갸웃갸웃
곰곰 생각하고
핼금핼금 둘러봐도

품어 주고 업어 주는
나무밖에 없는지
소르르 눈을 감는다.

눈꽃나무

마른 나무에
꽃이 폈다.
밤 사이 몰래
활짝 폈다.

주눅 들어
움츠렸던 나무
축 처졌던 어깨
으쓱 올렸다.

웬일일까
나무가 운다.
하얀 꽃송이
햇빛에 빛나는데

방울방울
눈물 떨어뜨린다.
따스한 햇살에
꽃잎 지우기 슬픈가 보다.

꽃고무신

꽃고무신 신고 싶어
날마다 산에 올라
도라지 캐던 꽃녀

한 푼 한 푼씩 돈 모아
알록달록 예쁜 고무신
사 놓고 아깝다고

짚신 신고 험한 산기슭
이리저리 헤매 캔
산더덕 이고 장에 가더니

마음씨 비단결 같고
얼굴 예쁘다는 소문
동네 밖 멀리까지 나돌아

아픈 어머니 홀로 두고
고개 너머 먼 데로
시집간다고 훌쩍이더니

꽃고무신 벗어 들고
통통 부은 버선발로
엉엉 울며 고개 넘더란다.

금강초롱꽃

밤마다 초롱불 들고
바위 위에 앉아
산만 바라보던 처녀

여름 가고 가을도 지나
눈 오는 깊은 겨울밤
바위에 그대로 돌이 되고

초롱불 홀로
깜박깜박 깜박이다가
불심지 눈 속에 잦아들었다는데

겨울 지나고 봄 다시 오니
그 자리에 새싹 하나 돋아나
초롱불 같은 꽃이 피더라고

흰 초롱
분홍 초롱
보랏빛 초롱

금강산 험한 골짜기마다
초롱꽃 곱게 피어
불 환히 밝히더라고